돌이와 누렁이

돌이와 누렁이

초판 1쇄 펴냄 | 2013년 8월 10일

글 | 송우영
그림 | 한상범
편집 | 장순일
디자인 | 인디나인
펴낸이 | 정낙묵
펴낸 곳 | 도서출판 고인돌
주소 | 경기도 파주시 교하읍 문발리 617-12 1층 우편번호 413-832
전화 | (031) 943-2152
전송 | (031) 943-2153
손전화 | 010-2261-2654
전자우편 | goindol08@hanmail.net
인쇄 | (주) 미래프린팅
출판등록 | 제 406-2008-000009호

값 10,000원
ISBN 978-89-94372-58-7 73810

「이 도서의 국립중앙도서관 출판시도서목록(CIP)은 e-CIP 홈페이지(http://www.nl.go.kr/ecip)와
국가자료공동목록시스템(http://www.nl.go.kr/kolisnet)에서 이용하실 수 있습니다.
(CIP제어번호: CIP2013010107)

돌이와 누렁이

글 송우영 그림 한상범

고인돌

# 단짝 친구가 있나요?

어린이 여러분은 단짝 친구가 있나요?

저는 있답니다.

"쿠리나?" 물으면 "쿠리다!"라고 대답해 주고 '돌이'와 '누렁이'처럼 죽이 척척 잘 맞는 그런 친구가요. 바로 여러분의 친구이기도 한 이오덕 선생님입니다.

이오덕 선생님은 길을 걸을 때면 느릿느릿 걸으며 여기저기 살펴봅니다. 감 이파리 만나면 주워 들고 햇빛에 비춰 보며 곱다 곱다 들여다보고, 까마중을 만나면 따서 입술 까맣게 맛도 봅니다. 조약돌도 집으로 가져와 창틀에 올려놓을 때는 꼭 아이들 같습니다.

그러면서도 글을 쓸 때는 누구보다 엄격하고 꼼꼼하게 살펴보며 누구의 글이라도 살아 있는 글쓰기가 아니면 매섭게 야단칩니다.

예전의 선생님이 머리말을 쓰면서 고치고 또 고치는 것처럼 이제 내가 머리말을 쓰면서 그때를 떠올려 봅니다. 선생님 살던 무너미 돌집과, 같이 걷던 그 길, 같이 나누었던 이야기를 생각해 봅니다.

선생님처럼 땅바닥 개미도 보고 아이들 얘기 소리에 귀 기울이며 살

아왔는지, 어린이를 살리고 삶을 가꾸는 글을 쓰고 있는지 되돌아보게
됩니다.

　이 책은 이오덕 선생님이 평소에 좋아하던 제 글 가운데 몇 편을 밖으
로 꺼낸 것입니다. 여러분이 동화 속의 친구들과 잘 사귀기를 바랍니다.

글쓴이 송우영

차례

돌이와 누렁이

돌이네 누렁이가 오늘도 동구 밖 어귀에서 꼬리를 설레설레 흔들고 있습니다.

해가 돌이네 지붕 위에서 저어쪽 아카시아나무 꽃 숲으로 걸어가려고 할 때쯤이면 돌이가 깨금발을 팔짝팔짝 뛰며 돌아오는 것이 보입니다.

그러면 누렁이는 한달음에 달려가 돌이의 바짓가랑이를 물어 댑니다.

반나절을 심심하게 혼자 보내다 돌이가 오기 바쁘게 놀자는 얘기

지요.

여덟 살 된 돌이가 그런 누렁이 마음을 모를 리 없지요.

돌이가 재빨리 도망을 치면 누렁이는 고 귀여운 송곳니로 돌이의 바지가 찢어지지 않을 만큼 물고 늘어집니다.

어느 때의 누렁이는 장난이 무척 재밌는 나머지 저 혼자 뛰다가 균형을 못 잡고 주둥이를 땅에 처박으며 자빠질 때도 있습니다.

돌이는 누렁이가 하는 양이 너무 귀여워 누렁이가 물고 있는 것도 아랑곳하지 않고 신발을 땅에서 떼지 않고 질질 끌면, 누렁이도 앞발을 땅에 댄 채 흙을 끌어모으며 딸려 옵니다.

그러다 보면 어느새 돌이네 마당까지 오게 됩니다.

"어머니, 학교 다녀왔습니다."

가방을 들마루에 내던진 돌이는 지하수를 끌어 올리는 수도꼭지를 틀었습니다.

돌이는 땅속에서 갓 솟은 차가운 물을 누렁이 물그릇에 먼저 따라 주고 나서 자기가 마십니다. 돌이와 누렁이는 마치 형제처럼 친했습니다.

“돌아, 떡 먹어라.”

어머니가 부엌에서 시루떡을 가지고 나왔습니다.

“어! 웬 떡이야요?”

“윗말 사슴 농장에 새로 이사 온 아주머니가 가져왔구나.”

“이사요?”

“그래, 이사. 아 참, 돌이 너 그쪽으로 다닐 때는 조심해라.”

“왜요?”

“그 집에 아주 사나운 부루도꾸가 있다는구나.”

“네.”

어머니가 부엌으로 들어간 사이에 돌이는 부엌 쪽을 보며 손으로 는 떡을 떼어 누렁이 입에 넣어 주고 머리도 쓰다듬었습니다.

“너도 들었지? 거기 무서운 부루도꾸가 있단 말.”

“으르릉으르릉, 멍멍!”

누렁이도 짐짓 사나운 척 콧잔등에 주름을 지어 보였습니다.

“돌이야, 노올자아.”

달식이랑 만구랑 두 살 더 많은 대구 형도 돌이와 놀고 싶은 모양

입니다.

"안 노오라아."

대답을 너무 길게 했나 봅니다. 아이들이 대답보다 빨리 돌이네 집으로 들어와 버렸습니다.

안 놀 수가 없게 되었네요.

"뭐하고 놀건데?"

"어, 우리 새로 이사 온 집 부루도꾸 구경 가자!"

달식이가 금방이라도 뛸 자세로 돌이의 팔을 붙잡으며 힘을 주었습니다.

"그래, 같이 가자."

대구 형도 거들며 돌이의 나머지 팔을 붙잡았습니다.

멀리서 보니 사슴 농장 집 대문은 꼭 붉은빛을 띤 분꽃 색깔 같았습니다.

아직 사슴 농장 집 대문 근처에도 안 갔는데, 그 부루도꾸라는 개의 짖는 소리가 들렸습니다.

볼테기를 철렁거리며 짖어 대는지 뭔가 어디 부딪쳤다 나오는 소리 같았습니다.

금방이라도 붉은 쇠 대문이 부서질 것만 같습니다. 그 소리는 누가 들어도 부루도꾸 소리라는 걸 대번 알 수 있습니다.

돌이네 마을 개들은 모두 누렁이처럼 '왈왈왈' 하며 주둥이를 오므리고 마지막 '왈' 할 때는 눈까지 사리사리 감으며 짖거든요.

돌이는 개 짖는 소리가 저렇게 무섭기도 하다는 것을 처음 알았습니다.

"애들아, 그만 가자."

돌이는 왠지 으스스한 기분이 들었습니다.

"뭐어, 여기까지 와서 그냥 가자구?"

만구는 결코 그럴 수 없다는 듯 눈을 둥그렇게 굴립니다.

"그럼 어떡할 건데?"

"어떡하긴 뭘 어떡해, 저놈이 얼마나 큰 놈인지 보고 가야지."

달식이가 살금살금 대문 옆에 난 틈 사이로 이마를 바짝 붙이고 들여다봤습니다. 그러자 개 짖는 소리가 더 요란해졌습니다.

개는 쉬지 않고 한꺼번에 '쿵쿵쿵' 소리를 연신 냈습니다.

"이놈의 개가 미쳤나? 왜 이리 짖고 야단이야."

개 짖는 소리에 안에서 농장 집 아저씨가 나왔습니다.

아이들은 키 순서대로 대문 옆의 틈새로 머리 계단을 만들었습니다.

"도꾸, 그만 짖어!"

아저씨가 '도꾸' 라는 놈의 머리를 쿡 쥐어박았습니다.

개는 '끄으응' 하며 앞발을 모아서 땅바닥에 대고, 그 위에 흙빛 나는 대가리를 올려 받치고 엎드렸습니다.

"이제 가자."

돌이가 먼저 머리를 빼자 다른 아이들도 구경 다 했다는 듯이 하나둘 빠져나왔습니다.

"와! 굉장하지?"

달식이가 흘러나오는 누런 코를 얼른 훌쩍 들이마시며 양어깨를 들썩 추스려 보입니다.

"응, 도둑도 잘 쫓겠어. 우리 똥개하고는 다른 것 같아."

대구도 굉장하다는 듯 달식이를 따라 어깨를 들썩했습니다.

"우리 내일도 올까?"

만구는 아쉬워하며 아이들을 바라보았습니다.

"그래, 우리 내일 또 오자."

대구도 그러자고 했습니다.

아이들은 학교 공부를 마치고 사슴 농장에서 조금 떨어진 감나무 아래서 모이기로 했습니다.

감나무 밑에는 피다가 떨어진 감꽃이 뒹굴고 있습니다.

대구, 만구, 달식이는 벌써 다 모여 있습니다.

"야, 오늘 우리 내기할래?"

달식이가 먼저 놀이를 하자고 했습니다.

"무슨 내기?"

만구도 대구도 궁금했습니다.

"오줌 멀리 싸기 대회!"

"뭐라구?"

달식이 말에 셋은 어이없는 표정을 지었습니다.

“나는 별로 오줌 안 매려운데…….”

돌이의 말에 만구, 대구도 그렇다는 듯 고개를 끄덕했습니다.

“나도 오줌은 안 매려……, 그러니까 하자는 거야.”

달식이 뜻이 정 그렇다니 어쩔 수 없는 일입니다.

“자, 그럼 내가 먼저 눈다.”

달식이가 감나무 밑 동 땅에다 금을 쭉 그었습니다.

“여기 금에 서서 누는 거야.”

달식이가 바지 앞 지퍼를 열고 오줌을 누기 시작했습니다.

오줌이 하나도 안 마렵다는 건 순전히 거짓말이었습니다.

오줌이 어찌나 ‘쏴’ 하며 세게 나가는지 보나마나 달식이가 1등입니다.

“와아, 되게 잘 눈다!”

대구도 만구도 눈이 휘둥그레집니다.

“봤지? 이번엔 만구 할 차례야.”

오줌을 다 눈 달식이는 씨익 웃으며 만구를 데려다 금에 세웠습니다.

만구도 오줌을 많이 누려고 배를 쭉 내밀었지만 달식이보다 모자랐습니다.

"이번엔 대구 형!"

대구도 금에 다가서서 배를 쭉 내밀었습니다.

하지만 대구도 달식이보다 모자랐습니다.

"이번엔 돌이!"

돌이는 정말 하기 싫었습니다.

다른 아이들은 바지에 지퍼가 달려서 고추를 다 안 보여 줘도 되지만, 돌이는 고무줄 바지이기 때문에 할 수 없이 바지를 밑으로 내릴 수밖에 없기 때문입니다.

"야, 돌이 뭐해!"

달식이가 돌이를 데려다 금에 세웠습니다.

돌이가 바지를 내릴까 말까 허리춤을 붙잡고 있다가 드디어 쓰윽 까 내리고 오줌을 누기 시작하는데 난데없이 '컹' 하는 소리가 들렸습니다.

아이들도 모두 돌이의 고추를 보고 있는 터라 앞에서 무슨 일이

있는지는 몰랐습니다.

그런데 갑자기 '컹컹컹' 하는 소리가 들렸습니다.

'컹' 소리에 놀라서 모두 고개를 들고 쳐다보니 그 부루도꾸가 돌이의 고추를 쳐다보며 달려오고 있었습니다.

농장집의 붉은 대문도 열려 있습니다.

부루도꾸의 주둥이는 꼭 화로에 묻어 놓은 다 탄 고구마처럼 새까맣고, 털은 황소의 등허리 같은 색으로 윤기도 반질반질 흘렀습니다.

"부루도꾸다!"

달식이가 먼저 소리를 지르며 달아나자 대구, 만구도 같이 뛰었습니다.

돌이만 그 자리에서 주춤주춤하며 어찌할 바를 모르는데

"야, 감나무!"

하며 외치는 대구 목소리가 들렸습니다.

돌이는 얼른 감나무를 끌어안으며 위로 위로 올라갔습니다.

너무 급하다 보니 허리에 있어야 할 바지가 아직도 불알 아래 척 걸쳐져 있었습니다.

감나무 가지에 앉아서 바지를 추스르고 가지를 꼭 붙잡은 채

"엄마아! 엄마아!"

하고 부르니까 도꾸란 녀석이 어느새 감나무 아래까지 와서 짖어 댑니다.

"엄마아! 엄마아!"

"컹컹컹."

돌이는 엄마를 부르고, 도꾸 녀석은 돌이를 보며 짖습니다.

그때 갑자기

"왈왈왈왈."

하는 누렁이 소리가 났습니다.

언제 달려 나왔는지 누렁이가 감나무를 향해 달려오고 있었습니다.

어찌나 날쌔게 달려오는지 누렁이가 아닌 것 같았습니다.

누렁이 소리를 들었는지 도꾸 녀석이 방향을 틀어 누렁이한테 달려갔습니다.

"누렁아, 안 돼! 저리 가! 얼른 집으로 가란 말이야!"

돌이가 감나무 위에서 소리를 질렀지만 누렁이는 가지 않았습니다.

누렁이가, 달려오던 힘으로 도꾸에게 덤벼들었습니다.

도꾸도 달려들었습니다.

도꾸가 누렁이 목덜미를 물고 몇 번 이리저리 흔들다 내팽개쳤습니다.

누렁이는 하나도 아프지 않다는 듯 더 성이 나서 '왈왈왈왈왈' 짖으면서 콧잔등에 잔뜩 주름을 지으며 송곳니를 드러냈습니다.

이번엔 누렁이가 잽싸게 도꾸의 뒷다리를 물었습니다. 도꾸 녀석이 누렁이를 떼어 버리려고 뺑뺑이를 치며 돌아쳤습니다.

"누렁아, 누렁아! 집으로 가! 어서 빨리 도망가란 말이야!"

돌이는 애가 타서 입술이 바짝바짝 말랐습니다.

누렁이는 계속해서 으르렁거리며 도꾸에게 달려들다가 또 나가떨어지기를 네댓 번 했습니다.

누렁이의 목둘레에 피가 보였습니다.

돌이는 울음을 터뜨렸습니다.

"아저씨! 농장 집 아저씨! 개 좀 붙잡아 가세요!"

가만 놔두면 부루도꾸란 놈이 누렁이를 물어 죽일 것 같았습니다.

“도오꾸! 도오꾸!”

도꾸란 녀석이 쓰러져 있는 누렁이를 덮치려는 순간 아저씨의 소리가 들렸습니다.

도꾸는 아저씨가 다시 한번 제 이름을 부르자 얼른 주인에게로 뛰어갔습니다.

“돌이야! 돌이야!”

농장 집 문 앞으로 동네 사람들이 뛰어오고 있었습니다.

돌이의 어머니가 제일 앞에서 돌이를 부르며 뛰어왔습니다.

동네 사람들이 감나무 밑으로 모여들었습니다.

“이거 봐요! 알 만한 사람이 개를 끌러 놓으면 어떡합니까?”

이장 아저씨가 농장 집 아저씨에게 삿대질을 했습니다.

“글쎄 말이야, 이 못된 놈의 개가 돌이하고 누렁이하고 다 잡아먹을라구 했나 뵈여.”

대구네 할머니도 한마디 거들었습니다.

“돌아, 우리 돌이 괜찮니?”

어머니의 따뜻한 목소리가 들렸습니다.

“아! 이 사람아, 얼른 저 도둑놈 같은 개 새끼나 갖다 묶어!”

만구네 할아버지가 호통을 치자 도꾸하고 아저씨가 농장으로 들어갔습니다.

“하마터면 큰일 날 뻔했구나, 누렁이가 고생했다.”

달식이네 아저씨가 척 늘어진 누렁이를 안고 왔습니다.

감나무에서 내려온 돌이는 누렁이를 받아 안고 꼭 껴안았습니다.

누렁이는 ‘아웅아웅’ 하며 돌이의 젖은 눈두덩을 핥아 주었습니다.

그 여름의 자전거

팔월 중순이 되니까 날씨도 더 뜨거운 게 심술도 나고 어디 가서 해코지하고 싶은 생각이 자꾸 들었다.

나는

'오늘은 또 어느 놈 자전거에 앉아서 가나.'

하고 생각하며 주위를 살펴보았다.

마침 왕방울 놈이 눈에 띄었다.

책가방을 옆구리에 낀 채 궁둥이를 안장에서 조금 들고 삐딱빼딱하며 당고개를 올라가고 있었다.

나는 사냥감을 찾은 표범이나 된 듯 재빨리 튀어 나가 그 녀석 자
전거의 뒷자리에 냉큼 올라탔다.

"어어어……, 깜짝 놀랬어."

녀석은 잠시 중심을 잃고 휘청휘청하더니 다시 더 높이 엉덩이를 들어서 페달을 밟았다.

왕방울은 목소리에 기운이 하나도 없는 것이 침이 바짝 마른 것 같았다.

"야! 왕방울, 너 날마다 교문 앞에서 기다려. 안 그러면 뼈도 못 추릴 줄 알어!"

내가 제법 깡패같이 말했더니 녀석은 아무 말도 못 하고 비탈진 당고개를 열심히 올라가기 바빴다.

우리 집 대문 앞까지 녀석의 자전거를 타고 온 나는 한 번 더

"명심해!"

다짐을 주고 집으로 들어갔다.

그 후로 나는 주위를 두리번거릴 필요도 없이 나만의 전용 자가용인 양 왕방울의 자전거를 공짜로 타고 다녔다.

그러던 어느 날 교문 앞에 서 있는데, 그 녀석이 보이지 않았다.

"이 짜식이 어딜 갔지?"

이 사이로 침을 한 번 찍 뱉고 있는데 누군가 내 어깨를 꽉 움켜잡

았다.

"뭐야?"

뒤를 돌아보니 키가 나 정도밖에 안 되어 보이는 아저씨가 나를 노려보았다.

나는 내 속을 누가 바늘로 찌르는 것 같은 느낌을 받았다.

그 아저씨의 눈이 뚱그런 게 왕방울이 나중에 어른이 되면 저런 모습이 되겠구나 하는 생각이 들었다.

"이 새끼! 니가 태주지?"

아저씨는 금방이라도 나를 때려죽일 것 같은 표정으로 땀을 철철 흘리며 숨을 씨근덕거렸다.

"너 이 새끼, 우리 용희 왜 자꾸 괴롭혀! 엉!"

아저씨가 내 멱살을 흔들어 댔다.

"왜 그러세요, 저는 잘 몰라요."

나는 짐짓 시치미를 뗐다.

"뭐? 왜 그래에, 잘 몰라아, 너 아직도 정신 못 차렸어!"

아저씨는 마치 나를 가을 밤 털듯 흔들었다.

공중에 덜렁 들린 나는 발끝만 간신히 땅에 대고 아저씨 손에 대롱대롱 매달려 있었다. 몇 번을 내리 흔들던 아저씨가 나를 확 떠다밀듯이 태기를 쳤다.

"이 새끼, 너 한 번만 더 우리 용희 괴롭히면 가만 안 둬!"

아저씨는 다시 한번 따귀를 올려붙일 듯하더니 그만두었다.

"잘못했어요. 다시는 안 그럴게요."

나는 고개를 푹 수그리고 들릴 듯 말 듯 대답했다.

그렇지만 속으로는 왕방울 녀석을 가만두지 않겠다고 생각했다.

녀석의 아버지가 나타나는 바람에 그 날은 다른 놈 자전거 뒤에 붙어 갔다.

이튿날 나는 공부를 마치자마자 교문에 나가서 녀석을 기다렸다.

"야, 임마! 치사하게 사내 녀석이 아버지한테 일렀어."

"……."

녀석은 아무 말이 없었다.

"너 일루 와! 뜨건 맛 좀 볼래?"

나는 팔을 휘두르며 을러대는 시늉을 했다.

신·학 문방구

“…….”

“너, 오늘은 봐주겠어. 그 대신 이따가 저녁 먹고 방죽으로 나와.”

나는 왕방울이 워낙 나한테 겁을 먹고 대꾸도 못 하는 거라고 생각했다.

“안 나오면 그땐 가만두지 않겠어.”

나는 저녁을 먹고 녀석이 기다릴 만할 때까지 있다가 느적느적 나갔다.

가 보니 벌써 와 있었다.

“야, 너 내 운전수 노릇 하는 데 뭐 불만 있어!”

“…….”

“너 한 번만 더 까불면 이 방죽에 쑤셔 처박는 수가 있어.”

“여긴 물귀신 방죽이잖아.”

“알긴 아네, 너 여기 빠져 죽은 사람이 몇 명인지나 알어?”

“몰라.”

“그것두 모르면서 까불구 있어.”

“…….”

"너 내일부터 잘해!"

나는 녀석의 볼테기를 한 번 꼬집어 주고 내려왔다.

한참 가다가 힐끗 뒤를 돌아보니 녀석이 뚝방에 주저앉아 있었다.

우는 것 같기도 하고, 웃는 것 같기도 했다.

그 날도 어김없이 교문 앞에 내가 먼저 나와 있었다.

녀석이 고개를 푹 떨군 채 떠벅떠벅 오고 있었다.

"야, 왕방울!"

나는 익숙한 솜씨로 자전거 뒷자리에 올라앉았다.

녀석의 흰색 반팔 티셔츠 등허리가 흠뻑 젖었다. 당고개를 넘자마자 녀석은 자전거에 속력을 붙였다.

"어이, 시워언하다. 더 빨리! 더 빨리!"

그때까지도 나는 드라이브나 하지 뭐 하는 생각뿐이었다.

한참을 달리던 녀석이 갑자기 방향을 방죽 둑으로 획 틀었다.

"야, 임마! 우리 집은 여기가 아니잖아."

"너는 비열한 인간이야."

"……."

녀석이 방죽 둑을 타고 달리며 처음으로 입을 열었다.

갑자기 당한 일이라서 뭐라 대꾸도 못 하고,

"자전거 세워!"

"웃기지 마! 너같이 비열하고 모기 같은 인간은 죽어야 돼."

녀석은 방죽 제방 쪽으로 자전거를 더 세게 모는 것이었다.

그땐 정말 눈앞이 캄캄했었다. 말리고 말고 할 사이도 없었다.

자전거에서 뛰어내려야 할지 계속 타고 있어야 할지도 분간할 수 없었다.

우리는 돌무더기에 걸려 넘어지며 곤두박질쳤다.

방죽의 시퍼런 물이 출렁하는 것 같더니 이내 내 머리를 짓눌렀다.

물에 빠진 것이었다.

"푸하! 푸하! 어푸! 우푸!"

급한 대로 팔과 다리를 버둥거려 보았다.

물속 깊은 곳에서 그동안 빠져 죽은 귀신들이 다리를 잡아당기는 것 같았다.

"엄마야! 엄마야!"

나는 허우적거리며 소리쳤다.

미끄덩거리는 물이 입속으로 자꾸 들어갔다.

"살려주세요! 살려주세요!"

제대로 목소리가 나고 있는 건지도 몰랐다.

"엄마아, 어어엉 살려 줘!"

나는 울음을 터뜨렸다. 수영이라곤 냇가에서 개헤엄 정도 친 것이 고작이라서 방죽이라는 생각에 지레 더 겁을 먹었다.

그때 내 목을 누군가 잡아채는 것 같았다. 녀석이었다.

녀석은 너무나도 침착하게 내게 다가왔다.

수영도 잘했다.

개구리처럼 뒷다리나 볼품없이 버둥거리는 나와는 차원이 다른 것이었다.

물속에서 울고 있는 내가 그렇게도 초라해 보일 수가 없었다.

녀석이 살려만 준다면 뭐든지 다 하고 싶은 마음뿐이었다.

"미안해. 제발 살려 줘, 응?"

나는 울음 섞인 목소리로 애원했다.

"너, 다시는 약한 애들 괴롭히지 마."

"……."

나는 아무 말도 할 수 없었다.

초등학교 졸업을 반 학기 앞두었던 그 여름 이후로 난 왕방울을 피해 다녔다.

약 오른 고추

푸릇푸릇한 고추밭에 하얗고 작은 꽃들이 옹글옹글 모여 살고 있었어요.

그건 고추꽃이에요.

고추꽃이 다 떨어지면 그제서야 아기 고추가 태어나는 것이지요.

튼실한 엄마 고추 대궁에 꽃들이 매달려 있었어요.

그중에서 제일 큰 언니 꽃이 말했어요.

"나는 맏이 꽃이야."

"그래서?"

동생 꽃들이 물었어요.

"그래서라니? 내가 맏이니까 물도 제일 먼저 먹어야 하고 해님 사랑도 제일 많이 받아야 된다구!"

"치이, 그런 게 어딨어! 모두 골고루 먹고 다 같이 세상으로 나가야지."

동생 꽃들은 입을 삐죽삐죽 내밀었어요.

"큰 꽃 순아, 그렇게 욕심내면 약 오른 독고추가 된단다."

엄마 고추가 타일렀어요.

"엄만 왜 동생들 편만 들어요? 내가 제일 맏이니까 엄마 다음으로
젤 대장이잖아요."

엄마 고추는 그만 한숨을

"휴!"

하고 쉬었어요.

엄마 고추 대궁은 언젠가는 맏이 꽃도 깨달을 날이 올 거라고 생
각했어요.

고추꽃이 핀 지 여덟 째 밤이었어요.

하늘은 화안하게 웃는 달님과 아기별들의 재롱으로 흥겨웠어요.

"아— 악! 엄마 엄마! 고추가……, 고추가 되려나 봐요. 아파 죽겠어요."

큰언니 꽃이 어느새 다 떨어져 나가고 아주 쬐끄만 고추가 꽁지를

빼고 나와 있는 게 아니에요.

"어머나, 언니 꽃이 우리 양분을 제일 먼저 배불리 먹더니 꽃도 젤루 빨리 졌네!"

"글쎄 말이야, 우리도 부지런히 먹자."

"근데 꽃이 떨어져 나갈 때 얼마만큼 아플까?"

"아무리 아파도 우린 꼭 고추가 돼야 해."

"그래 맞아."

저마다 한마디씩 하느라고 고추 대궁이 술렁술렁했어요.

다음 날 아침 일찍 찾아온 해님은 큰언니 고추에게

"축하해요."

하며 다른 날보다 더 다정히 웃어 주었어요.

큰언니 고추는 그전보다도 더 우쭐대며 맛있는 양분을 쭈욱 쭉 빨아 먹고 무럭무럭 커 갔어요.

보름달이 기울어 초승달이 될 즈음 다른 꽃들도 아기 고추가 되기 위해 아파도 꼬옥 참으며 꽃잎을 밀어냈어요.

어떤 꽃은 너무 아프다며 포기해 버리고 말았어요.

이제 엄마 고추 대궁에는 고 귀엽고 작은 고추들이 주렁주렁 달려서 커 나가기 시작했어요.

엄마 고추 대궁은 여기저기서 커 나가는 고추들이 하도 무거워서 몸이 마치 늙은 대추나무처럼 휘기 시작했어요.

"아이고, 어느새 이렇게 고추가 자라고 있었구나!"

고추밭 할아버지가 누렁이 털빛 같은 밀짚모자를 쓰고 긴 나무 막대를 가져다 엄마 고추 대궁 옆에 꽂았어요.

하얀 나일론 끈으로 엄마 고추 대궁을 막대기에 잡아맸어요.

이렇게 해야 고추 대궁이 휘지 않고 자랄 수 있으니까요.

"어! 넌 왜 이렇게 빨리 컸냐? 고놈 참 씩씩하기도 하구나."

할아버지는 다른 고추밭으로 옮겨 갔어요.

"너희들 들었지? 할아버지가 나더러 씩씩하다고 한 말 들었지?"

큰언니 고추는 더욱더 우쭐대며 맛있는 양분을 먹으려고 발을 쭉쭉 뻗어 댔어요. 이제 어느 누가 봐도 다 큰 고추 같아 보였어요.

동생 고추들도 할아버지께 칭찬이 듣고 싶어 열심히 양분을 먹었어요.

할아버지는 비가 오지 않으면 직접 물을 길어 와 뿌려 주셨어요.

또 보름달이 둥실 떠올랐어요.

'후두두 푸두두'

아까부터 큰언니 고추 몸속에서 나는 소리였어요.

"흥, 저렇게 게걸스레 먹더니 배탈이라도 났나 봐."

"누가 아니래?"

"그건 배탈이 아니란다. 이제 맏이 네가 어른이 되었다는 뜻이란다."

엄마 고추 대궁 말씀에 모두 어리둥절했어요.

"이제 큰언니 배속에 있는 고추씨가 다 여문 것이란다."

"정말이에요, 엄마? 아이 좋아라. 이젠 세상 구경하겠네."

큰언니 고추는 뛸 듯이 좋아했어요.

날이 밝아 고추밭 할아버지네 수탉 아저씨가 벌레를 잡으러 올 때까지 잠도 한숨 안 잤어요.

해님이 늦잠 자는 아기 이슬들을 깨워서 하늘로 올려 보내고 고추밭으로 나오자 고추밭 할아버지께서 곧이어 오셨어요.

"아! 그놈 참 크다. 날쌔게 생긴 걸 보니 꽤나 맵겠는걸."

'또도독 똑'

"아얏!"

"얼른 가서 한번 먹어 봐야겠구나. 네가 올해 첫 고추란다."

"아이 시원하다. 근질근질하던 머리꼭지가 이제야 홀가분하군."

큰언니 고추는 구름을 탄 듯 둥실거렸어요.

"엄마! 안녕히 계세요. 애들아, 나 먼저 간다."

"애야, 맏이야 조심해라."

엄마 고추 대궁은 가슴 한구석이 휑하니 빈 것 같았어요.

동생 고추들도 조금은 섭섭한 느낌이 들었지만 그동안 빼앗긴 양분을 생각하니 고소하기도 했어요.

"여보, 할멈. 이것 좀 봐. 고추가 벌써 이렇게 컸지 뭐야."

"아니 고추가 벌써 저렇게 컸단 말이우?"

"장독에 올려놓고 절이라도 한 번 하고 먹어 봐야지."

할아버지는 큰언니 고추를 고추장 항아리 위에 올려놓았어요.

"고추 농사 더 잘되게 해주세요."

할아버지는 두 손을 모으고 고개를 숙였어요.

그때만 해도 큰언니 고추는 어깨가 저절로 으쓱해졌어요.

"어서 된장 좀 내와요."

할머니는 얼른 맛난 된장을 숟가락으로 뚝딱 떠 왔어요.

‘와사삭삭’

“엣 퉤! 아이고 매워라! 후후 물! 물!”

할아버지는 손부채로 입속을 마구 부쳤습니다.

허둥지둥하며 할머니가 물을 떠 오자 할아버지는 넓적한 입을 최대한으로 쫘악 벌리며 사발째 삼킬 듯이 마셔 댔어요.

“아니, 뭐가 그리 맵다고 그 나이에 그리 방정이우?”

“임자도 한번 먹어 봐요. 얼마나 매운지.”

“어디 그럽시다.”

미리 겁을 먹은 할머니는 이번엔 아주 조심스러웠어요.

아예 된장도 찍지 않고 앞니로 조금 베어 물고 우물거리다 갑자기

“에에엑 퉤!”

하더니 가래침까지 뱉어 가며 야단이었어요.

“이놈의 꼬치, 다른 고추 먹을 양까지 다 뺏어 먹었구나!”

‘휘이~획’

할머니가 큰언니 고추를 어찌나 세게 집어 던졌는지 다시 고추 밭으로 떨어졌지 뭐예요.

“아이, 깜짝이야. 어머나, 이게 누구야?”

둘째 고추가 놀라자 다른 고추들도 모두 고개를 쭈욱 빼고 구경했어요.

“아니, 큰언니 고추 아냐? 그것도 허리가 잘려진 채 쓰러져 있네.”

“보나 마나 누가 먹고 너무 매워서 버렸나 보지.”

큰언니 고추는 너무나 창피해서 허리가 잘린 아픔도 꾹 참고 눈도 뜨지 않았어요.

“얘야, 큰애야. 이젠 알겠니?”

엄마의 다정한 부름 소리에 큰언니 고추는 ‘엄마!’ 하고 외치고 싶었지만 소리가 되어 나오지 않았어요.

제사 지내던 밤

"나도 같이 가면 좋겠지만 사정이 이러니 요번에는 너 혼자 다녀
오너라."

목소리마저도 꺼져 가는 촛불처럼 아슬아슬한 창수 어머니가 방
안에 누웠습니다.

해마다 참외가 노오래지는 여름이면 창수 할아버지의 제사입니다.

창수는 지난해까지만 해도 어머니와 큰집으로 제사를 보러 갔습
니다.

아버지가 돌아가신 후, 어머니와 둘이 다니다가 올해는 어머니까

지 가슴병을 얻어 창수 혼자 제사를 보러 가야 했습니다.

"걱정 말고 엄마나 조심하고 계세요. 얼른 갔다가, 올 때 떡 많이 얻어 올게요."

어머니의 머리맡에서 제법 의젓하게 창수가 위로합니다.

"아니다 애야, 밤에는 모래재에 들개가 다닌다더구나! 자고 날 밝으면 오너라."

"알았어요. 제 걱정은 하지 마세요. 그럼 엄마 다녀올게요."

창수는 점심 겸 허기도 없앨 겸으로 이른 옥수수를 쪄 먹고 바로 집을 나섰습니다. 쓰러질 듯 서 있는 함석지붕이 어머니를 대신해서 창수를 배웅해 주었습니다.

창수네 큰집은 가파른 모래재 너머에 있습니다.

잔심부름이라도 하려면 조금 일찍 도착해야 괜한 눈치도 안 받을 것 같아서 창수는 서둘렀습니다.

창수네 큰집에는 벌써부터 제사 준비가 다 된 듯합니다.

모래재 동구 밖까지 지짐이 냄새와 산적 냄새가 진동을 합니다.

배가 고픈 창수는 대문 안으로 들어오면서부터 마른 샘에 물 스미

듯이 침이 꼴깍 넘어갑니다.

"창수 형!"

사촌 동생 창남이가 툇마루에서 부침개를 뜯어 먹으며 아는 체를 합니다.

"창수 왔구나! 어서 올라오너라."

큰어머니도 행주치마에 손을 닦으며 창수를 맞이합니다.

"안녕하세요?"

창수도 마주 걸어가며 가볍게 고개를 숙여 인사를 드렸습니다.

창남이네 식구들이 큰아버지와 함께 마루 위에 주욱 늘어서서 창수를 내려다봅니다. 창수가 댓돌 위로 올라서자, 식구들이 마루에 자리를 내줍니다.

"창수야, 고생이 많지?"

큰아버지가 걱정스레 물었습니다.

"아니에요, 큰아버지."

창수는 큰아버지 손에 손목을 맡기며 안방으로 들어갔습니다.

창수가 큰아버지께 절을 올리고 부엌으로 나왔습니다.

큰어머니는 한사코 창수의 등을 떠다밉니다.

"아이고, 사내가 이런 부엌 출입하면 고추 떨어져요."

창수도 멋쩍어서 뒷머리를 긁적입니다.

큰아버지는 제사를 서둘렀습니다.

창수가 자고 가지 않겠다고 했기 때문입니다.

"자정이 지나서 지내야 한다지만 나는 산 사람이 더 소중하니까……."

큰아버지가 방 안에 딸린 부엌문을 내다보며 말했습니다.

밤 열 시가 되었습니다.

큰집 뜰 안으로 보름달이 살며시 들어와서 제사를 엿봅니다.

사촌 누나들과 큰어머니, 창수의 손놀림이 빨라집니다.

부지런히 절을 하고 얼른얼른 제사를 끝냈습니다.

창수는 제삿밥도 먹지 않았습니다.

제사를 지내기 전, 초저녁에 누나가 이것저것 챙겨 준 음식으로 배고픈 느낌은 없습니다.

“자고 가면 좋겠지만, 어머니도 누워 계시니 잘 살펴 가라 창수야.”

큰어머니가 대문까지 따라 나왔습니다.

큰아버지는 잿마루까지 왔다가 돌아갔습니다.

“애야, 그저 조심해라. 아이고, 음…….”

큰아버지가 뒷짐을 지고 서 계십니다.

“예에, 이제 들어가세요.”

창수는 각오가 잔뜩 들어간 어깨를 돌렸습니다.

이제부터는 창수 혼자서 걸어가야 합니다.

창수는 빨리 가고 싶었습니다.

산적이며, 삶은 달걀, 떡 따위의 음식을 얼른 가지고 가서 어머니께 드리고 싶었습니다. 창수는 계란이 터지지 않을 만큼 옆구리에 힘을 주며 음식 보따리를 껴안았습니다. 이제 가끔 돌아보던 뒤도 더 이상 돌아볼 필요도 없습니다.

돌아봐도 큰아버지 모습은 안 보이니까요.

다행히 보름이라서 달이 휘영청 밝습니다.

달이 어찌나 깨끗하고 밝은지 아름다운 달무늬가 그대로 들여다

보입니다.

제사 달걀노른자만큼이나 노오란 보름달이 창수 뒤를 조심스럽게 비추며 따라옵니다. 창수는 달님께 의지하며 걸었습니다. 거의 모래재 반까지 왔습니다.

"후유."

이마에 깨알 같은 땀이 송글송글 맺혔습니다.

"아우우 아우우 우."

창수가 내쉬는 숨소리에 장단이라도 맞추듯 들리는 소리였습니다.

"아! 놀래라, 이게 무슨 소리지?"

창수가 혼잣말을 했습니다.

창수도 그것이 무슨 소리인 줄은 다 압니다.

창수는 침착하게 한 걸음 한 걸음 걸었습니다.

"이 강산 침노하는 왜적 무리를 거북선 앞세우며 무찌르시어……."

창수는 학교에서 배운 노래를 부르기 시작했습니다.

노래가 끝나면 또 부르고, 또 부르고 계속 같은 노래만 불렀습니다.

다른 노래는 생각나지도 않고, 생각하지도 못했습니다.

오로지 용감한 이순신 장군이 된 기분으로 가기로 했습니다.

뒤에서는 계속해서 '버석버석' 소리가 납니다.

그래도 창수는 뛰지도 않고, 뒤도 돌아다보지 않았습니다.

다만 귀틀집 할아버지네 발바리처럼 귀만 쫑긋 세웠습니다.

온 신경을 귀에 고정시켰습니다.

"버석버석."

똑같이 뒤따라오던 발자국 소리가 멎었습니다.

창수는 순간, 노래를 뚝 멈추었습니다.

창수가 멈췄다기보다는 창수의 입이 저 혼자 멈춘 것 같습니다.

창수는 걸음걸이에 좀 더 속력을 붙였습니다.

그때 갑자기 '후투투' 하며 창수의 머리에 모래가 떨어졌습니다.

모래는 계속해서 떨어졌습니다.

뒤따라오던 발자국 소리도 더 빨라졌습니다.

창수는 끊었던 노래를 다시 불렀습니다.

노래하는 것이 이렇게 힘들고, 슬프고, 무서울 수가 없습니다.

한참을 가다 보니 모래재도 다 넘었습니다.

언제부터인지 따라오던 발자국 소리도 들리지 않았습니다.

창수는 보따리를 한 번 움켜잡았습니다.

"야아악!"

창수는 있는 힘껏 소리를 질렀습니다.

그리고 잡아채듯 온 힘을 쏟으며 냅다 내뛰었습니다.

쉬지 않고 달렸습니다.

별빛 아래 보이는 전등 빛이 창수를 맞이했습니다.

창수는 전등 불빛 아래 와서 누웠습니다.

"아니, 이게 누구야! 창수 아니냐?"

참외밭 할아버지가 원두막 위에서 자다 말고 깜짝 놀라 일어났습니다.

"아니, 얘가 어찌 된 일인가? 얘, 창수야! 창수야!"

할아버지가 쓰러져 있는 창수의 어깨를 마구 뒤흔들었습니다.

"아니, 애 머리에 웬 모래가……."

할아버지는 창수를 척 들쳐 업었습니다.

열한 살인 창수의 몸은 아홉 살 아이처럼이나 가벼웠습니다.

창수는 업혀 가면서도 보따리를 쥔 손에는 힘을 주었습니다.

창수네 집 마당에 들어서니 방문이 먼저 벌컥 열렸습니다.

"아이고, 창수야!"

창수의 어머니가 일어나려다 말고 비틀거리다 주저앉았습니다.

할아버지가 재빨리 방으로 들어가서 창수를 눕혔습니다.

"아이고, 창수야! 자고 오라고 했더니…… 흐흐흑, 네가 모래재를 넘었구나!"

어머니는 거위 같은 목소리로 꺼억꺼억하며 울 뿐이었습니다.

"뭐라고요? 모래재를!"

할아버지도 놀라기는 마찬가지였습니다.

"아버님 제사 보고 오다가……."

어머니는 여전히 말을 잊지 못합니다.

"그럼 이 보따리는?"

할아버지가 보따리를 한 번 쳐다보며 눈빛으로 물었습니다.

"예, 이 에미 멕이겠다고, 이 밤길을 저 어린것이 넘어왔나 봅니다."

어머니는 봉숭아 꽃잎이 떨어지듯, 젖은 눈물만 뚜욱 뚝 흘렸습니다.

어머니의 눈물이 창수의 보따리가 들린 손등에 떨어졌습니다.

"아아⋯⋯, 엄마아⋯⋯."

힘없이 깨어나는 창수의 목소리가 새벽을 타고 밀려왔습니다.

"그래, 창수야."

어머니는 창수를 끌어안았습니다.

참외밭 할아버지는 슬그머니 일어났습니다.

할아버지는 손등으로 눈물을 훔치며 밖으로 나갔습니다.

창수는 이제야 정신이 났습니다. 아늑한 어머니의 살 냄새를 맡으니까 살 것 같았습니다.

"엄마!"

창수가 목소리에 힘을 주며 어머니를 불렀습니다.

“으응, 창수야.”

어머니도 목멘 소리로 대답해 주었습니다.

“엄마, 죽지 말고 오래오래 살아야 돼!”

“그래 창수야, 그래.”

창수는 참으로 오랜만에 어머니의 팔을 베고 잠이 들었습니다.